CROMOSOMA BUSCADO

A THEÓ
MI ANGELITO

No somos angelitos

© 2017 Gusti

Edición: Daniel Goldin

D.R. © Editorial Océano, S.L.
Milanesat 21-23, Edificio Océano
08017 Barcelona, España
www.oceano.com

D.R. © Editorial Océano de México, S.A. de C.V.
Eugenio Sue 55, Polanco Chapultepec
Miguel Hidalgo, 11560, Ciudad de México
www.oceano.mx
www.oceanotravesia.mx

Primera edición impresa: 2017

ISBN: 978-607-527-327-3
Depósito legal: B-18102-2017

HECHO EN MÉXICO / MADE IN MEXICO
IMPRESO EN ESPAÑA / PRINTED IN SPAIN

9004343010817

NO

SOMOS ANGELITOS

GUSTI

OCEANO travesía

CUANDO LLEGUÉ
A CASA
PAPÁ Y MAMÁ
NO SABÍAN
QUÉ HACER
CONMIGO.

TENGO UN AMIGO,
ES UN CROMOSOMA
DE MÁS.

SE INSTALÓ
EN EL TECHO
DE CASA
HASTA QUE
LO DEJARON
ENTRAR.

UN DÍA ME
PRESENTARON
A LA FAMILIA,

OTRO
DÍA A LOS
AMIGOS

Y LUEGO
A TODA LA
COMUNIDAD.

TODOS DICEN
COSAS
ENCANTADORAS
SOBRE MÍ.

SOY EL ORGULLO
DE PAPÁ Y MAMÁ.

DOY AMOR
CADA HORA
DEL DÍA.

Soy MARAVILLOSO.

¿ESPECIALES?

A VECES.

ME GUSTA AYUDAR.

Ser amable.

EDUCADO.

Y SOY EL MEJOR HERMANO.

SOY EL CAMPEÓN
DE LA FELICIDAD.

LUZ INFINITA.

TENGO UN GRAN
CORAZÓN.

SIEMPRE ESTOY
"ALEGRE".

SOY UN SOL.

SOY MMUUUUY
AMOROSO.

ERES EL ARTISTA
DE NUESTRA VIDA.

SOY UN ANGELITO.

CUANDO LLEGUÉ
A CASA
PAPÁ Y MAMÁ
NO SABÍAN
QUÉ HACER
CONMIGO...

AHORA TAMPOCO.

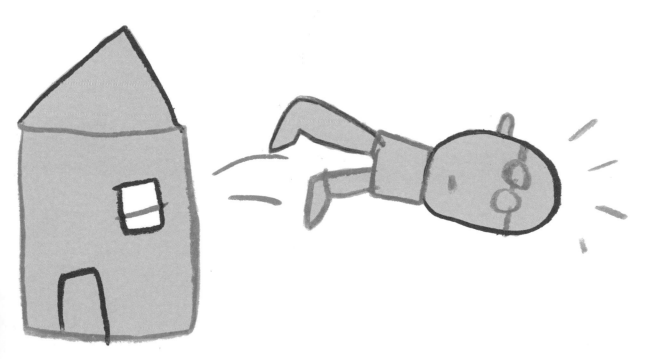

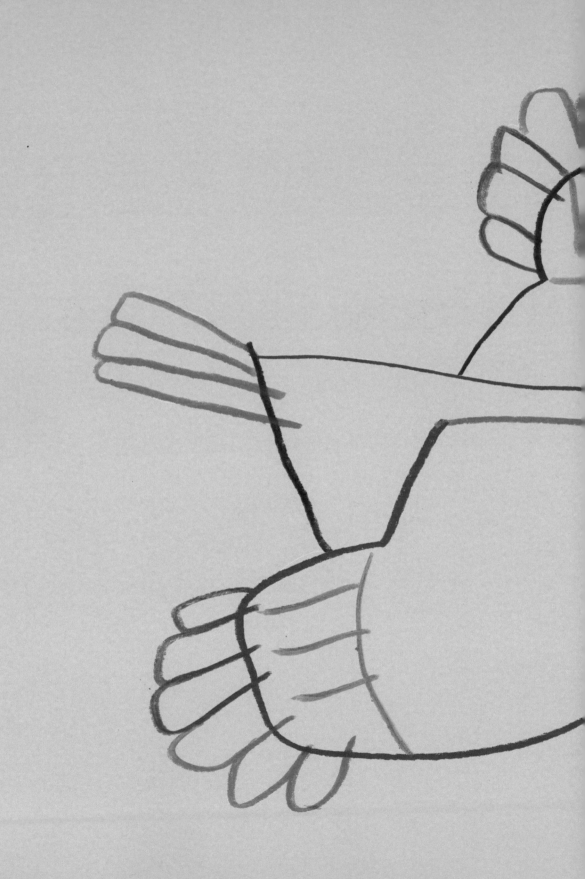

PERO MIS PADRES HAN
APRENDIDO A ACEPTARME
Y A ACEPTARSE.

HAN APRENDIDO QUE CADA
DÍA ES EL MÁS IMPORTANTE
Y QUE, SI VIENE UN CROMOSOMA
DE MÁS, LO QUE HAY QUE HACER
ES UNA FIESTA DE BIENVENIDA.

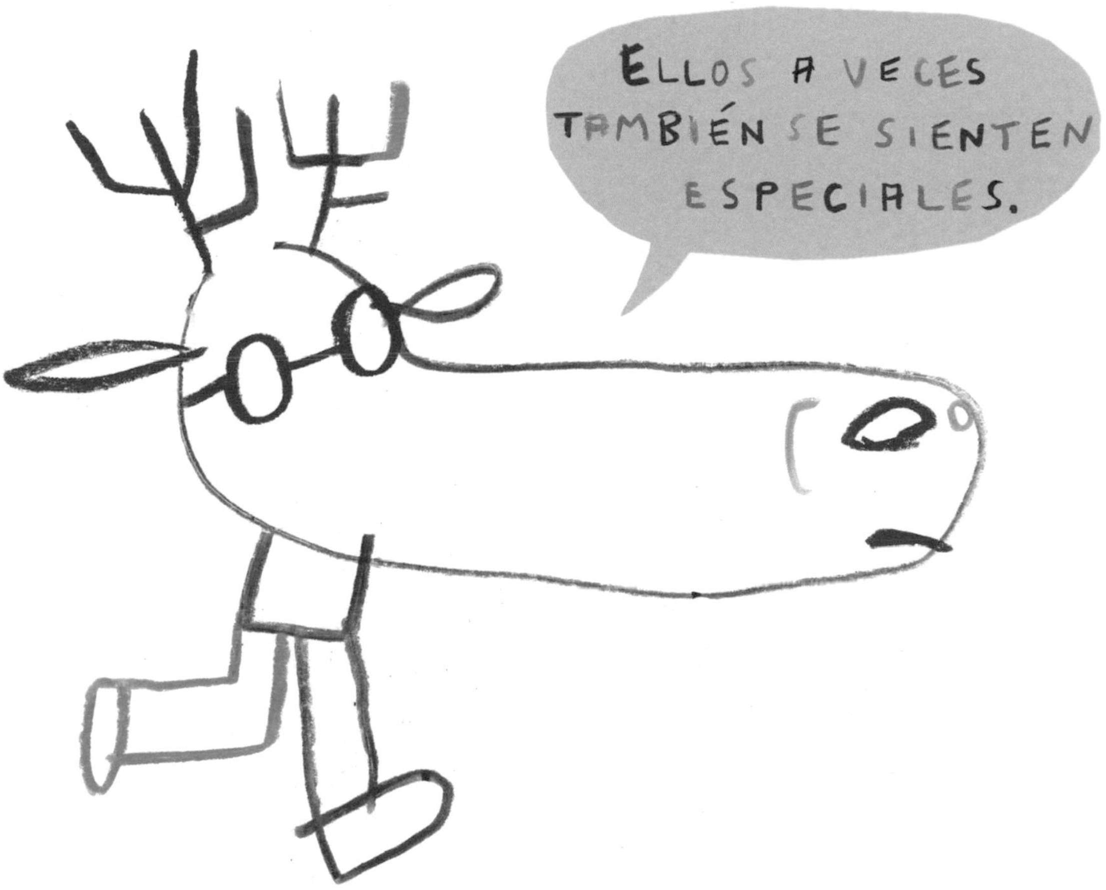
ELLOS A VECES
TAMBIÉN SE SIENTEN
ESPECIALES.

CANTARLE, DAALE CARIÑO,
APAPACHARLO, DAALE BESITOS
Y QUE LE DÉ EL SOLECITO.

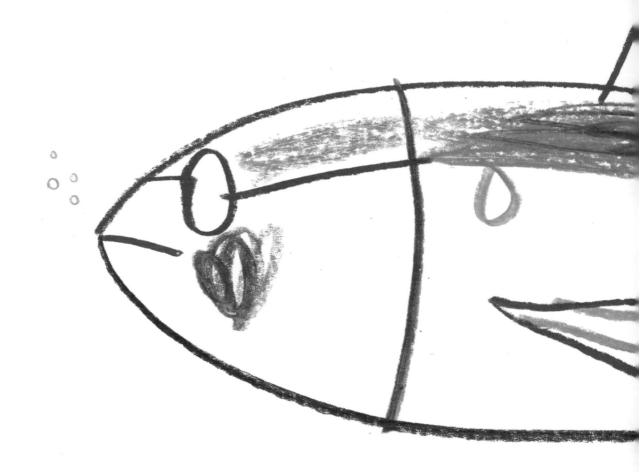

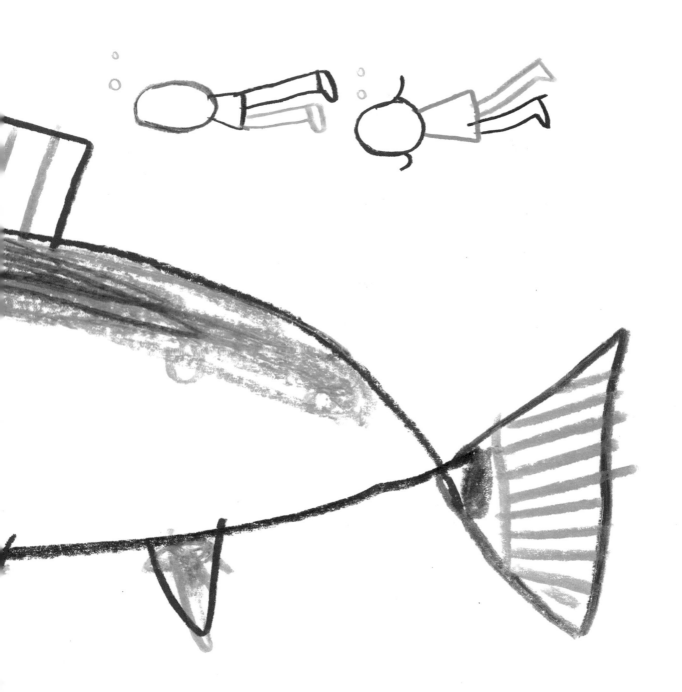

ES VERDAD QUE A VECES
MIS PADRES SIENTEN QUE
EL MUNDO SE LES VIENE ENCIMA.

PERO YO LES DIGO QUE ES SU
IMAGINACIÓN, PORQUE EL MUNDO
NO SE LE VIENE ENCIMA A NADIE.

No somos angelitos
ni sólo damos besos
nos gusta hacer caprichos
destruir castillos
ponerle ketchup a las comidas
hacer el payaso
tirar del pelo
volar como superman

nos gusta molestar
a los animales
hacer garabatos en
los cojines de la abuela

aplastar caracoles
nos gusta tirar los libros
empujar a los niños
más lentos en el tobogán

METERNOS EN LOS
CONTENEDORES DE BASURA
SACAR LA CABEZA POR LA VENTANILLA
NOS IMPORTA UN PEPINO
QUE MESSI META UN GOL

NOS GUSTA MANDAR

METER LA MANO EN LA BOCA
A LOS PERROS

NO NOS GUSTA
COMPARTIR LA PIZZA

NO SÓLO TENEMOS UN GRAN CORAZÓN

NI SIEMPRE ESTAMOS
DE BUEN HUMOR

CON O SIN
SÍNDROME DE DOWN

SOMOS NIÑOS

ALTOS - BAJOS - GORDOS
BLANCOS - NEGROS
CON RUEDAS
CON CROMOSOMAS
SORDOS - CIEGOS - MUDOS

SOMOS NIÑOS.

LO QUE NO NOS CONTARON ES QUE
ESTE CROMOSOMA DE + ESTÁ UN POCO LOQUITO.

LOS HIJOS NO TIENEN ALAS.

GUSTI

SI TE SIGUES PORTANDO MAL
TE QUITO ESE CROMOSOMA.

EL SER HUMANO SE DESARROLLA A PARTIR DE **2** CÉLULAS.

DE LA UNIÓN DE ESTAS 2 CÉLULAS NACE EL CIGOTO.

MI NOMBRE ES CIGOTO

ÉSTOS SON MIS PADRES

ÓVULO Y ESPERMATOZOI

LLEVAMOS UNA MALETA CON MATERIAL GENÉTICO CON 46 CROMOSOMAS

YO LLEVO 23

POR ESO DECIMOS QUE TENEMOS 23 PARES DE CROMOSOMAS

Y YO 23

TODOS SE PARECEN ENTRE SÍ. SALVO LOS CROMOSOMAS SEXUAL

PERO ¿QUÉ ES UN CROMOSOMA?

SI SON XX NENA

SI SON XY NENE

ES UNA CADENA DE GENES

Y EL ADN ES EL MATERIAL BÁSICO DE LOS GENES

O SEA DE LOS CROMOSOMAS

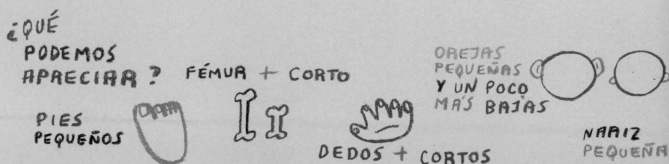

¿QUÉ PODEMOS APRECIAR?

PIES PEQUEÑOS

FÉMUR + CORTO

DEDOS + CORTOS

OREJAS PEQUEÑAS Y UN POCO MÁS BAJAS

NARIZ PEQUEÑA

EL SÍNDROME
DE DOWN
SE CARACTERIZA
POR 1 EXCESO
DE MATERIAL
GENÉTICO.

→ Y APARECE
EN EL PAR
CROMOSOMÁTICO (21)

↓

HAY 3
CROMOSOMAS
EN VEZ DE 2

LA TRISOMÍA 21

SIMPLE

TODAS
LAS CÉLULAS
CONFORMAN
47 CROMOSOMAS

TRANSLOCACION

1 TROZO
DE CROMOSOMA
DE MÁS

MOSAICISMO

AL PRINCIPIO
SON 46 CROMOSOMAS
PERO CUANDO SE
VAN DIVIDIENDO
UNO SE SEPARA
Y SALEN 47.

47
CROMOSOMAS

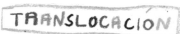

PELO
FINO

OJOS
RASGADOS

CUELLO CORTO

OBESIDAD

BOCA
PEQUEÑA

CABEZA
PEQUEÑA

PROBLEMAS
DE VISTA

PALMA DE LA MANO
CON UNA RAYA DE
EXTREMO A OTRO